AF349908

CATALOGUE

D'UNE RÉUNION

DE

TABLEAUX ANCIENS

DES DIVERSES ÉCOLES

Italienne, Hollandaise, Flamande, Espagnole, Française,

TABLEAUX MODERNES

DONT LA VENTE AUX ENCHÈRES PUBLIQUES AURA LIEU

HOTEL DROUOT, SALLE N° 9

Le Jeudi 12 Décembre 1867

A UNE HEURE ET DEMIE

Par le ministère de Me **CHARLES PILLET**, Comm^{re}-Priseur,
rue de Choiseul, 11,

Assisté de M. **DHIOS**, Expert, rue Le Peletier, 33,

Chez lesquels se délivre le présent Catalogue.

EXPOSITION PUBLIQUE

Le MERCREDI 11 Décembre 1867, de une heure à cinq heures.

PARIS

RENOU & MAULDE

IMPRIMEURS DE LA COMPAGNIE DES COMMISSAIRES-PRISEURS

Rue de Rivoli, 144

—

1867

CATALOGUE

D'UNE RÉUNION

DE

TABLEAUX ANCIENS

DES DIVERSES ÉCOLES

Italienne, Hollandaise, Flamande, Espagnole, Française,

TABLEAUX MODERNES

DONT LA VENTE AUX ENCHÈRES PUBLIQUES AURA LIEU

HOTEL DROUOT, SALLE N° 9

Le Jeudi 12 Décembre 1867

A UNE HEURE ET DEMIE

Par le ministère de Mᵉ **CHARLES PILLET**, Commᵗᵉ-Priseur,
rue de Choiseul, 11,

Assisté de **M. DHIOS**, Expert, rue Le Peletier, 33,

Chez lesquels se délivre le présent Catalogue.

EXPOSITION PUBLIQUE

Le MERCREDI 11 Décembre 1867, de une heure à cinq heures.

PARIS

RENOU & MAULDE

IMPRIMEURS DE LA COMPAGNIE DES COMMISSAIRES-PRISEURS
Rue de Rivoli, 144

1867

CONDITIONS DE LA VENTE

———

Elle sera faite au comptant.

Les Acquéreurs paieront CINQ POUR CENT en sus du prix d'adjudication.

L'Exposition mettant les Acquéreurs à même de se rendre compte de l'état des Tableaux, il ne sera reçu aucune réclamation une fois l'adjudication prononcée.

TABLEAUX

APPARTENANT A M. X.

1 — ÉCOLE BYZANTINE. La Vierge et l'Enfant Jésus.

2 — Le Christ en croix et les saintes Femmes.

3 — Trois panneaux sur fond d'or, représentant la Vierge et les Évangélistes.

4 — ÉCOLE FLAMANDE. Vénus et l'Amour.

5 — Triptyque représentant l'Adoration des Mages, la Naissance du Christ, la Fuite en Égypte.

6 — ÉCOLE FRANÇAISE. Portrait de Marie Touchet, maîtresse de Charles IX.

7 — Portrait de Dame en costume du XVIe siècle.

8 — Portrait de Dame en costume de carmélite.

9 — ÉCOLE GRÉCO-RUSSE. La Vierge et l'Enfant Jésus.

10 à 15 — Six panneaux divers sur fond d'or, sujets ayant trait à l'éducation de Jésus.

16 — Triptyque sur fond d'or. Sujet ayant trait à la vie de la Vierge et des Apôtres.

17 — ÉCOLE ITALIENNE. Le Couronnement de la Vierge.

18 — L'Annonciation.

19 — Portrait de Dame en costume du XVIᵉ siècle.

20—21 — Deux Têtes d'hommes. Médaillons.

22 — Loth et ses Filles.

23 — La Cène.

24 — La Vierge, l'Enfant Jésus et saint Jean, sur fond d'or.

25 — BEAUBRUN (Attribué à). Portrait du duc de Luxembourg avec armoiries.

26 — CRIVELLI. Saint Dominique. Panneau à fond d'or.

27 — CORNEILLE (de Lyon). Portrait d'un duc de Bourgogne.

28 à 33 — GIOTTO (École de). Six panneaux représentant des scènes de la vie de Jésus.

34 — SPRANGER. Sujet mythologique. Dessin à la plume.

35 — VAN DER WERF (Genre de). Le Repos de Diane.

36 — VAN LOO (Michel). Portrait de Baron, artiste du Théâtre-Français.

— VASARI. La Descente de croix.

A droite du tableau est le portrait du donataire à genoux.

38 — Deux panneaux en bois sculpté, représentant l'Adoration des Mages et des Bergers.

39 — Un Triptyque en bois sculpté et peint, représentant le Calvaire.

40 — Deux Panneaux anciens. Gravures sur bois.

TABLEAUX

PROVENANT DE DIVERSES COLLECTIONS

41 — VAN AELST. Bouquet de Fleurs.

42 — ALBANO (École de). Repos de Diane.

43 — ARY SCHEFFER (Attribué à.) Prisonnier bulgare. Esquisse.

44 — BAPTISTE (École de). Bouquets de Fleurs. — Deux pendants.

45 — BAPTISTE (École de). Bouquet de Fleurs dans un vase.

46 — BOUCHER (École de). Pastorale. — Bergère conduisant un troupeau de moutons.

47 — BOUCHER (École de). Pastorale. — La Surprise.

48 — BOURGUIGNON. La Défense du drapeau.

49 — BRILL (École de). La Fuite en Égypte.

50 — BRILL (Genre de Paul). Le Jugement de Pâris.

51 — CABOT. Paysage.

52 — CANALETTI (École de). Vues de Venise. — Deux pendants.

53 — CARLO MARATTE (Attribué à). La Vierge et l'Enfant Jésus.

54 — CHARDIN (Genre de). Portrait d'une Dame miniaturiste.

55 — DOMINIQUIN (École du). Sainte Cécile. —

56 — FRAGONARD (École de). Le Chien indiscret. —

57 — GÉRICAULT (Genre de). Tête de Cheval.

58 — GÉRICAULT (D'après). Tête de Cheval.

59 — GUERCHIN (École de). Buste de Femme coiffée d'un turban.

60 — VAN KESSEL. Fleurs, Fruits, Légumes et Animaux.

61 — Gibiers et Poissons. Deux pendants.

62 — LANCRET (École de). La Déclaration.

63 — LANCRET (D'après). Le Gascon puni.

64 — LE NAIN. Le Bénédicité.

65 — MARTINELLI. Bohémienne jouant du tambour de basque.

66 — MOLENAER. Patineurs.

67 — NATTIER. Une Naïade.

68 — OTTO-VENNIUS. Portrait costumé en Bergère.

69 — PALIZZI. Cheval à l'écurie.

70 — PARMESAN (Attribué à). Ecce Homo.

71 — H. RIGAUD. Portrait d'un des fils du chancelier Duprat.

72 — C. RIVIÈRE (Signé 1854). Deux paysages (Aquarelles ovales).

73 — ROBERT (D'après Léopold). Les Moissonneurs. La Fête à la Madone (Deux pendants). —

75 — RUBENS (D'après). Portrait de la Femme de l'artiste.

76 — La Reine Tomiris.

77 — La Fuite en Egypte.

78 — L. TONTI (D'après JACOBBER). Fruits et fleurs.

79 — VANDEN VELDE LE VIEUX. Marine. Navire se brisant sur des rochers (Peinture en grisaille).

80 — ÉCOLE ESPAGNOLE. Une Sainte.

81 — ÉCOLE FLAMANDE. Buveur.

82 — Portrait de Femme.

83 — Vénus et l'Amour.

84 — La Vierge allaitant l'Enfant Jésus.

85 — Prédication de saint Jean.

86 — ÉCOLE FRANÇAISE. Mort de Cléopâtre.

87 — Portrait d'une Vestale.

88 — La Vierge et l'Enfant Jésus.

89 — Portrait de Femme (Ovale).

90 — Paysages ornés de figures (Deux pendants).

91 — Portraits d'Homme et de Femme, époque Louis XIV, sur cuivre ovale.

92 — ÉCOLE ITALIENNE. Deux portraits de jeunes Femmes avec encadrements en bois sculpté. Ovale.

93 — Nature morte.

94 — L'Assomption de la Vierge.

95 — Madone.

96 — Présentation de saint Jean à l'Enfant Jésus.

97 — Saint Pierre délivré de prison.

98 — Fleurs.

99 — Portrait d'un prélat.

100 — ÉCOLE FLORENTINE. Le denier de César.

101 — Figures de la Vierge et de saint Jean, avec encadrement monumental.

102 — ÉCOLE LOMBARDE. Figure de Saint tenant une épée.

103 — ÉCOLE VÉNITIENNE. Repos de la Sainte Famille.

104 — ÉCOLE MODERNE (Genre DIAZ). Baigneuse.

105 — La Balançoire.

106 — Nymphe et Amours (Signé J.-F.-M.).

107 — Naufrage à l'entrée d'un port.

108 — Sujet historique (Esquisse).

109 — Deux Cartons de Gravures.

110 — Sous ce numéro seront vendus quelques bons Tableaux, parvenus trop tard pour être catalogués.

RENOU et MAULDE, imprimeurs de la Compagnie des Commissaires-Priseurs, rue de Rivoli, 144.   9784

69 i [illegible handwritten annotation]

RED. :

17

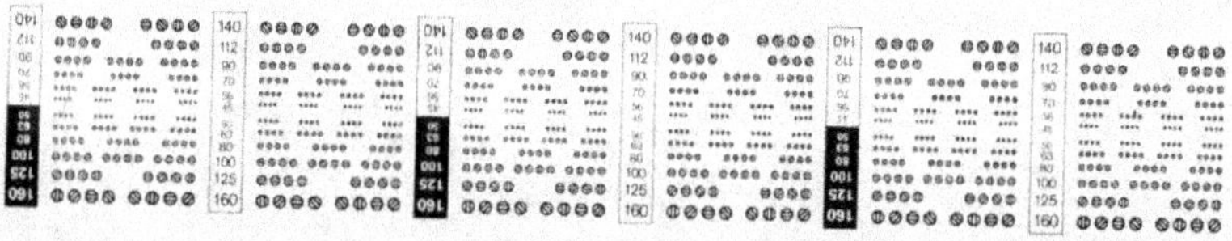

www.ingramcontent.com/pod-product-compliance
Lightning Source LLC
LaVergne TN
LVHW010850180726
843502LV00010B/3808